磨铁读诗会
xiron poetry club

敦煌了

西娃 著

江苏凤凰文艺出版社

图书在版编目（CIP）数据

熬镜子 / 西娃著. -- 南京：江苏凤凰文艺出版社，
2024.9. -- ISBN 978-7-5594-8570-0
Ⅰ.I227
中国国家版本馆CIP数据核字第2024SM6542号

熬镜子

西娃 著

责任编辑	周 璇
特约监制	里 所
特约编辑	里 所　方妙红　后 乞
装帧设计	艾 藤
出版发行	江苏凤凰文艺出版社
	南京市中央路165号，邮编：210009
网　　址	http://www.jswenyi.com
印　　刷	河北鹏润印刷有限公司
开　　本	880毫米×1230毫米　1/32
印　　张	4.5
字　　数	73千字
版　　次	2024年9月第1版
印　　次	2024年9月第1次印刷
书　　号	ISBN 978-7-5594-8570-0
定　　价	52.00元

江苏凤凰文艺版图书凡印刷、装订错误，可向出版社调换，联系电话025-83280257

自序

在推延中回顾

2016年出版《我把自己分成碎片发给你》之后，快7年了，再也没出版过个人诗集。磨铁读诗会在这个时候给我出一本诗集，是又一恩赐，也是我的荣幸。

写作诗歌已20多年，选出70首（预选150首），看起来很容易，却又很难。于是从2023年初过春节开始，我就在拖拖拉拉地选，拖沓原因弄不清，好像拖沓可以生长出一系列好诗歌。

阅读2010年之前的诗歌，我是痛苦的，每看一首，甚至能记起当时写它们时的诸多状态细节：在听什么音乐，房间温度大约是多少，经济状况，内心的煎熬是什么，等等。我写得那么卖力，却什么都没写清楚，我在掩盖什么？绕来绕去地在绕什么？为什么不敢直接说出？这一系列问题让我慢慢回忆，宛如设立了一个法堂：法官、被审判者，辩护律师，都是自己。是的，之所以出现以上问题，是因为那时的诗歌审美和意识就这样，还有自己不够强大，不敢直接面对很多情况，活得不够通透……

面对那么多要把人读得累死的诗歌，又出现另一个问题：要不要重新修改，或以现有的优势和能力去重写？很快这念头又被我否定了：我无法站在中年的河流里，去拯救青年时期的自己，何况现在我的一切都正确吗？年轻时的那些情绪其实也挺好的，现在想有也没了……就这样吧，就这样，于是一切照旧。

选诗却以现有诗歌审美为标准，因此在2010年之前的诗歌里，我只选出了不足10首。

在这样的自说自话、自我问答和自我辩解中，内心涌动着各种情绪，说辞，场景，可以拍一部30集的默片了。回顾一些诗歌时，我还把那时的照片拿出来看，比如在澳大利亚、澳门、甘南拍了那么多照片，照片旁边写着"这里有诗"，有的故事被我写成诗歌了，更多的没写，为什么没写呢，又要找一番原因，回忆——另一种穿越方式，就这样成了选诗歌时的一个亮点。

这个时候多么感谢诗歌，如果没有诗，对一个不写日记的人来说，生命只剩下无尽的空白。诗歌的另一个好处又凸显出来，帮助回忆，帮助记住一些时光与情绪。没有这些诗，我凭什么证明自己曾经经历了那么多。在各种染缸里，一次次染过，又脱离出来，经过一次次观念和意识的流动、改变，才成了今天的自己。啊，我依然脱尘，我还没成为自己厌恶的人，我还在净化，幸好有诗神附体，我没成为凡俗的庸人，我以自己的方式，验证了诗神有无数个化身，我是其中的一个……

人一生写不出多少好诗歌，我这么哀叹，多数是废品啊，但我的日子很多时候也是废日子，我却在这废日子里熬过一天又一天，拿这些废品怎么办呢？留给自己，永远留给自己，所有的诗歌可能最终只对自己有意义，哪怕一首废诗，写作者更明白为什么要写它们，那时的情感情绪和写作冲动，只对自己生效。

很多诗歌没有写日期，我在编辑时，由于懒惰，没有去仔细核对，就乱写了一个日期，像有一个黑户孩子，在出生很久后，才记起没生日，乱写一个，来说明写作者的不负责任。日期重要吗？此刻我觉得是重要的。

2010—2016年的诗歌，我选起来是很顺手的，因为能以《我把自己分成碎片发给你》做蓝本，之外的全部没考虑，这期间我又问过自己，之前没选入诗集的一定是废品吗？记得这本诗集出版后，有一个读者问过我，为什么《脱尘》这首诗歌没选入,她觉得这首诗歌太好了。我说我不知道,现在也不知道。同样的事也发生在今年"磨铁诗歌奖"的颁奖诗会上,有个诗人给我说,你的《释放》真好啊,我说那首诗我差点毁掉。我经常毁诗。有天因为无所事事我把那首《释放》发出来,磨铁读诗会把它评选为了"2021年度最佳诗歌100首"之一。这个问题让我深思,对最好的诗歌我有辨别,对最差的也有,但是对一些二不挂五的,我没有判断力。不知道其他诗人是否都对自己的诗歌有判别力。这个问题我请教过伊沙,他说对自己的诗歌他都知道好坏的。这让我羞愧。我的很多诗歌,我只能通过读者和选家去帮着判断,这是多大的误区和漏洞啊。怎样才能判断自己的诗歌是好的,这应该是我接下来的课题,但是怎么去完成这一课题,我还不知道。

当然,有一些诗歌,抛出来并没有任何回响,我依然爱,这些是有严重个人心理印记的,它们永远不属于读者。

选2017年到2022年的诗歌,耗时太多,这期间我的精力已经转向了精油,这是我的另一爱好,也是我活下去的生存支撑。由于一直没整理过,它们散落在手机备忘录和电脑中各种文档里,有些在草稿纸上,还有少部分在微信和微博上,选这几年的诗歌好比分尸或拼尸,顾得了这里顾不了那里。由于一直忙于生存，写在手机备忘录上的诗很多，但2018年底我换了一次手机，很多诗歌也就消逝了。消逝的诗歌会不会回来，又或以哪种方式再来到我笔端，这好像是个玄学问题。

好在，有"新世纪诗典"，有磨铁读诗会的年选，有一些诗歌刊物和网刊，写到这里又升起感恩之心，不然我还要拖多久才能交稿呢？

2017年到2022年，写了一些永远压箱底的诗，同时也想起一位前辈诗人的忠告。但想想伊朗的电影，别人在那么严苛的环境下都能拍出面向世界观众的好电影，这种创作的智慧多么了不起，说白了，还是自己修为不过关。

一路整理一路感叹，记得《卡巴拉智慧》一书里面说过：生命的意义在于创造，也就是只有创造才能凸显生命的意义。而这几年，我在玩精油，我在赚钱，为了过得好一点，我浪费了那么多时光和题材，真是要忏悔。如果我能把所有时间和精力都用在写作上，是不是能有很多好诗被写出来呢？答案是肯定的，我的身体里有一个巨大的仓库，堆积了这几年的很多经历和感受，由于太忙没有写出来，它们可能烂掉，可能某一天化成文字，谁说得清楚呢？

能陶醉在写作中是幸运和有福气的，能把大把时光用在体会自己内心的起伏上是幸运和有福气的，也许我永远都回不到这种幸运和福气中了……

当这一套诗丛的其他三个女诗人尹丽川、巫昂、宇向都交稿了很久，在里所的一次次催促下——娃娃，只剩你了，只剩你了——我才在4月7号慢吞吞地交了稿。像一次割肉，这本书里，有我从未拿出来的诗，也许是创作热情在减淡，每每写出一些满意的，就想存起来，好像一曝光，都成了别人的了，自己就变薄了。

交稿不久，接到里所的语音留言："西娃娃，你在外面过得怎么样？我和后乞、妙妙（方妙红）这两天都在读你的诗，我们一边读一边赞叹，你真的写得太好了，我们以前对你很尊敬，现在要到膜拜的程度了。对吧？！"后面就是后乞和妙妙的声音："对，我想要一个签名，崇拜崇拜……"

她们都是磨铁读诗会的编辑，也是很好的诗人，来自这些年轻诗人的热忱鼓励，让在路上奔波的我加快了脚步。后来跟她们见面，里所又说："我们三人上次对你说的话都是真诚的，你总把别人当女神，你就是你自己的女神啊……"夸得我很羞涩也很受用，再次感谢她们！

西娃
2023I04I13 北京媒体村

第一辑

鳗鱼无哀

003　此爱

004　爱人

006　叫唤

008　男香

009　鳗鱼无哀

011　在一条买不起裙子的路上

013　还有自己，可以点燃

016　另一个秘密

017　前世今生

019　"在"的证据

020　两人世界

021　灵魂

- 022　过关
- 023　女儿
- 025　嗨,给我一支烟
- 027　缠中禅
- 028　"哎呀"
- 029　我们如此确信自己的灵魂

第二辑

两尾赤鳞鱼

033　墙的另一面

034　与我隐形的同居者

036　喂养死亡

038　捞魂

040　老等

042　熬镜子

044　我把自己分成碎片发给你

047　意识和梦的能量

049　两尾赤鳞鱼

051　某种经验

052　烟鬼我在新加坡

第三辑 一碗水

057　一碗水

059　隐蔽的一面

061　门口

062　箱子里的耶稣

064　离

066　玄镜头

067　羊眼

068　民丹岛 7 公里处

069　我遮蔽的丑陋

071　我告诉查尔斯王子

072　清晨的奥科勒

073　这一天真来了

075　就这么完了吗

077　女神我

079　遗像

081　斜视

第四辑 午夜湿婆神

085　我……

087　我正在从你的身体里，一点点撤出来

089　在爱的男人身上，找到父亲

091　英语老师

093　爸妈的亲事

095　多么希望，成为谣传中的任何一个

097　孤独

098　上帝的味道

100　释放

102　你纹丝不动，像激情已过的男人

104　午夜湿婆神

107 古董商

108 他们，和想象中的女诗人

110 上帝的眼泪

112 吲哚——死神的气味儿

114 我的客人们

116 拉桑寺心经

117 女儿

119 在冬季的海拉尔

121 解而未脱之道

123 打回原地

第一辑

鳗鱼无哀

此爱

哭醒的时候
你正睁大眼睛
看着我

"梦见你变成了青蛙
你看着我哭
却不叫醒我……"

"我都成青蛙了
用哪一种
语言
都会惊吓着你。"

2009|01|15

爱人

你常常消失,又偶尔出现
在我生活里
你喜欢吃上瘾的食物——
电影,女人,音乐……
却看不上
我做的饭菜
你是一个凡人,却有诸多传奇故事
你睡过我
却从没说过爱我

我们见面就做爱,在颠簸的
欢愉里,你我都不吭声
只有你的汗液,下落
滴答在眼睛和脸上
有那么些时刻,我真想死
但死于你身体下的愿望
至今都没实现

曾在一部长篇小说里
我把你的结局
归为西藏一场雪崩
但你活着，或者从雪崩里
又活了过来

后来不再写你
直到今天，你踏实死去
我又提起了笔

2009|02|15

叫唤

那叫唤，倏然而起，分裂着
凌晨三点的死寂
我正悬在天问的追思里
如一枚病芒果，趔趄着
掉进这个声音，加剧了它的音律

是一只狗的叫唤，纵情，绝望，什么都顾不得了
我无法从它掏出的肺腑和喉管里
判断出，它的性别，年龄
却听出它遇到了不幸：我们每个人
都可能面临的：病痛，丧事，被暴力……
黑暗遍及整个院落，真相不得而知

它边跑边叫，听得见和听不见的，都该听到了
我耳朵在波峰波谷，我心也在波谷波峰
如果是往昔，我会冲下楼去
即使我什么也做不了，至少可以
暂时分开它的注意力
可我像窗外榆树和所有动物那样
保持着可耻的沉默

什么时候开始，我连一只狗都不如了
面对他者和自己的悲痛，不幸
不说行动，连叫唤的可能，都已失去？

2009|04|01

男香

你的要
从琴房到餐厅
再铺满卧室床单

它取缔食物,音乐与睡眠
"宝贝,你身上的什么
让我停不下来?"

我们汗淋淋的手,相扣
像一对疲软灵魂
躺在被掏空的夜晚

从你的香气和手势里
我猜测你来自道格拉斯
这个盛产调香师和小偷的地方
也产下你
两种职业与技能
你都具备

2009|05|15

鳗鱼无哀

我只是产卵,多数死胎
活着的,谁也看不见
受精的过程,充满疑问
一个眼神,一棵水草,一个名字
都能成为我的食物
成为我浑圆体质的一部分

我被喻为最性感的鱼
营养价值倾向诗句
静水包养我,使我身体恍若
寺庙,装着魂灵,阴阳,轮回之谜,未知
我精心保存自己的肉体,用体力
逃脱同性的围困和追逐
　"生殖力,成为判断性别唯一标尺。"

浅水处,我持久呆望天空
等待的兀鹰,就在眼前,缩着爪子于低空
徘徊。我乞望,成为你腹中物
而抵达浅水前,我身形已秘密变态——

我像一截，被折断的光线
指望，又并不指望被你看见

2009|10|14

在一条买不起裙子的路上

每当女儿

用软软声音问我：

西娃娃，我们什么时候住大房子

西娃娃，我能不能开上保时捷

西娃娃，我什么时候能当富二代

……

我就拼命喝水

有时呛出鼻涕，有时呛出眼泪

有时，呛得什么都出不来

我不忍心告诉她

在我还是文学少女时

就看到作家赵枚的一篇文章

大意是：她领了一笔稿费

去商场买一条渴望已久的裙子

她站在橱窗前，把手中的钱

拧出水来

也没能买起那条裙子

如今的我,正走在这条
买不起裙子的道路上

2010|11|15

还有自己，可以点燃

呆立在巨大玻璃窗前

望着外面的漆黑。那漆黑

还在无止尽蔓延——

院子里的弥陀寺，也是漆黑一团

张嘴大笑的弥陀，大笑着

看到昔日古寺庙，成为

今日的妓院。寺中

那棵直奔天空的老梧桐

（我习惯通用谐音叫她：老捂痛）

捂着自己越来越深的疼痛

从不向地上之人和事物，声张

它把漆黑和什么，耸立至高空

我划燃自己，或许

一点点火星，算不得什么

也不再企图照亮什么。只是提醒

还有自己，可以点燃

火星闪烁，我看到书桌上

——《更多的人死于心碎》[1]
几分钟前,它还在另一个人的书桌上
或许,它在千万人的书桌上
他们在漆黑中,相互蔓延,交叉感染
相同书名,封皮,不同故事
我失去追问的嘴唇猛然恢复弹性:
那么多的人,为什么只能在心碎中
死去?还有多少人和事,正在,即将
或者已经死去,却维持着
表面活着和平静。一如我此刻

我的手,已无力揭开任何人的书皮
这些年,我们为什么只跟梧桐树
学会了:捂痛?

---

[1] 《更多的人死于心碎》,美国作家索尔·贝娄的小说。

我必将把梧桐树,改为无痛树

在这座古寺庙还没消失之际

在自己这根短小的火柴用完之前

2010|11|17

另一个秘密

在暗处,在任何人目光都无法
看到的地方:她绝望地看着他
——这个坐在原木堆中的雕刻师
他正一点点地雕刻她。鼻子,眼睛,唇……
她从暗物质中分离出来,被迫拥有身形

她多么恨他。宛如一首诗,她游荡
以任何形体。却被一个诗人逮住
被造物与造物之间的敌对关系
悄然形成——这是另一个

秘密:"不要以为,你给了我形体,就给了我
生命。"孩子这样告诫母亲

2012|03|11

前世今生

在院子里散步,一个正在学步的小女孩
突然冲我口齿不清地大喊:"女儿,女儿。"
我愣在那里,一对比我年轻的父母
愣在那里

我看着这个女孩,她眼神里
有我熟悉的东西:我离世父亲的眼神

年轻母亲对我说:别在意,口误
纯属小孩子口误。随机拍拍小女孩
她大哭起来,并望着我,那眼神
是我读初中时,父亲说想与我妈离婚
又不忍割舍我们兄妹时的眼神
(那是他唯一一次在我面前落泪哭泣)

我向年轻母亲要了小女孩生辰八字

那以后,我常常站在窗口
看着我变成小女孩的"父亲"

被她父母牵着或催促着

牙牙学语,练习走路。多数时候

跌跌撞撞,有时站稳,有时摔倒……

我欣慰又悲伤,更为悲伤的是:

她长大后,会把叫我"女儿"的那一幕

忘记,或者像她母亲一样

把那当成口误

2012|04|08

"在"的证据

也许一生中,有很多日子
都是如此
对别人,对自己
你都是消失的——

今日收到一个快递
上面贴满投递失败的小标签
"收件人不在"的前面
红色的钩,非常醒目

我看了收件人不在的日期
2号,5号,9号,12号
我告诉邮递员,这段时间,我都在
"你说你在,你就在啊?"

的确,我翻看记录,搜索记忆
打电话问最好的朋友,都没找出
我在的证据

2012|07|01

两人世界

你爱我的时候,称我
女神,妈妈,女儿,保姆,营养师
按摩师,调酒师,杜冷丁,心肝……

你想念我的时候,叫我
剧毒草,银杏,忍冬花,狗尾巴草
罂粟花,冷杉,无花果,夹竹桃……

你饥渴的时候,唤我
肉包子,腊肉干,口语诗
无限水,三级片,荞麦面

你恨我的时候,骂我
疯婆娘,白痴,破罐子
岔道,烂瓦片,泼妇,贱人……

我都答应,都承认——我都做过
在你面前,经常,或有那些时刻
当然,更多名称,你还没说出来

2012|07|11

灵魂

为了让我的肉体
能在这块土地上站直
我把大多数时光用于生计

灵魂像影子
斜斜地躺在地面上
与脚一样高低
我的身子拖着它
擦着地面,流出的血
没有颜色

很多时候,灵魂
像没有光照的影子
我并不知道它在哪里

只有夜晚,我们躺在一起
如一张床上的老夫妻
在两床被子里

2012|11|11

过关

35 岁以后
我就告诉自己
要从容优雅地
走过每个关口
我以此来检验自己
与现实生活和解的能力

我微笑着走过很多关口

而此刻,看到 7 月 6 日
深夜的自己
像一只试图通过夹鼠板的老鼠
却仍被夹鼠板死死卡住
整夜流泪不止,挣扎,痉挛

是的,这跟爱情有关
我从未顺利通过
这个关口

2013|07|12

女儿

她走过来
躺在我身边
"妈咪,你失恋了啊?"

她声音愉快起来:

"你以后属于我
一个人了
你会发现
我比男人都靠得住。"

她又转变声音:

"哦,妈咪
你要对我好点哦
不然
我也会离开你
你会很可怜
更孤单。"

她声音弱下去：

"就像我……"

2013|07|13

嗨,给我一支烟

工作到凌晨一点
没香烟了
我突然像书桌上的
空烟盒

嗨,给我一支烟

我在凌晨的街道上
我在熟悉的烟店前
我在不熟悉的烟店前

嗨,给我一支烟
我全身在冒烟

我在双营路上
我在立汤路上
我在奥体路上
嗨,给我一支烟
我像马路仓促吐出的烟圈

嗨,给我一支烟
你们也需要一支烟——
夜晚,街道,马路
正把我邪邪地叼在嘴唇间
我被抽来抽去
抽去抽来

2013|08|11

缠中禅

我抱着一叠禅诗去见上师
这是我离开他三年后的冬天

他抽着雪茄,听着音乐,坐在小院门口
用了五个小时,读我的诗
有那么一段时光,我以为他坐化了

我是如此想得到他的肯定,胜过写诗本身
忙着给他倒水,捶背,又给自己点一支烟
"妙,很妙。"他把稿子放在一边
"我是说,没被你的语言,糟践的那一些。"

2013|10|15

"哎呀"

我在飞快宰鱼
一刀下去
手指和鱼享受了,刀
相同的锋利

我"哎呀"了一声

父亲及时出现
手上拿着创可贴

我被惊醒

父亲已死去很多年

另一个世界,父亲
再也找不到我的手指
他孤零零举着创可贴
把它贴在
我喊出的那一声"哎呀"上

2013|11|05

我们如此确信自己的灵魂

我们如此确信自己的灵魂

比我们看得见,摸得着的肉体

更为确信,仿佛我们真见过她

亲手抚摸过她,弯下身来为她洗过脚

在夜间闻过她腋窝里的汗味

在清晨听过她的哈欠声与唇语

我们如此确信我们的灵魂

确信她比肉体更干净,更纯粹,更轻盈

仿佛我们的肉体,一直是她的负担

蔑视一个人,说他是没有灵魂的人

赞美一个人,说他是有灵魂的人

是什么,让我们这样振振有词,对没有凭据
   的东西

对虚无的东西,对无法验证的东西

充满确信?

如果有一天,一个明证出现

说灵魂是一个又老又丑又肮脏的寄生物

她凭借我们的肉体得以净化,并存活下去
崩溃的会是一个,还是一大群人?
从崩溃中站立起来的人,或者从未倒下的
会是怎样的一群人?或一个?

2013|12|01

第二辑

两尾赤鳞鱼

墙的另一面

我的单人床
一直靠着朝东的隔墙
墙另一面
除了我不熟悉的邻居
还能有别的什么?

每个夜晚
我都习惯紧贴墙壁
酣然睡去

直到我的波斯猫
跑到邻居家
我才看到
每夜紧贴而睡的隔墙上
挂着一张巨大的耶稣受难图

"啊……"
我居然整夜,整夜地
熟睡在耶稣脊背上
——我这个虔诚佛教徒

2014|03|14

与我隐形的同居者

就是在独处的时候

我也没觉得

自己是一个人

不用眼睛、耳朵和鼻子

我也能知道

有一些物种和魂灵

在与我同行同坐同睡

我肯定拿不出证据

仅能凭借感受

触及他们——

就像这个夜晚

当我想脱掉灵魂,赤身裸体

去做一件

见不得人的事。一些魂灵

催促我"快去,快去……"

而另一些物种

伸出细长胳膊

从每个方向勒紧我的脖子

2014|05|14

喂养死亡

你说:"它死了,我又用死亡
养了一条鱼。这已经是第 N 条了。"

你喂养鱼,就像喂养你的活
用了粮食,水,悲喜和不多的爱心
这些年,你不停看到
亲人,朋友,熟人……一个个
去了死亡那里。于是你疯狂养花
养鱼,养你的梦想和激情——
把它们当饲料,企图撑破死亡的肚皮

"为什么死亡什么都吃,死亡却不死去?"

我像在远方,不去理会你悲伤的疑问
也不去安慰,鱼,死去这个秋季的早晨
我什么都不做,愉悦感受着:死亡
用一条再也活不过来的
鱼,鲜活地把我们共同的一天
一点点吞下去

像你一样,除了
喂养死亡,你以为我还能干什么?

2014|08|15

捞魂

我双手捧着一盏油灯
在黑暗里,机械地走动
灯光下,我只是一小团黑影

外婆与我保持两步之远的距离
她缠过的小脚一步一颠,身姿有点发虚
我们一高一矮,一前一后
沿着寂静的河道拖着自己的影子

外婆手里拿着一根竹棍
在水里点一下,在我头顶点一下
拖长缓慢而苍老的声音——
"西——娃儿——呢?回来——了——啵?"
遵从着外婆的叮嘱和所教
我小小病体里发出迟钝的回应——
"外——婆呢,我——回——来了喔。"

外婆一路喊,我一路应
我们像两个纸人在茫茫夜色里晃动

给长长河道留下微弱的昏黄

这是我小时候一次落水获救后
在大病中留下的记忆

外婆说：我的魂，被惊掉在了水里

2014|11|03

老等[1]

你伸着长长脖子

一只脚独立在冰冷水里

你身后是盐碱地

你前方是茫茫水域

你一动不动

把身线拉得笔直

黑白相间的影子

在夕阳之中，在碧波之上

没有人知道你在等什么，而你在等

你自己也不知自己在等什么，而你在等

你不在乎能等到什么，而你在等

你不惜把自己等到孤苦伶仃，你还在等

你有绷直的信念——老等

你已经把自己等成一个符号——老等

---

[1] 老等：苍鹭，是鸟纲、鹭科、鹭属的一种水鸟。因喜欢慵懒地站在同一个位置上伺机觅食，被戏称为老等。

你忘了自己是一只鸟,而你把自己等成了一只鸟

远道而来的我,憨痴痴望着你
我像被水浪拍打至岸滩的鱼,喘息中
暴露了自己掩盖多年的心迹——

"吃掉我吧,老等;结束吧,老等!"

2014|11|14

熬镜子

我正在照镜子
锅里熬的老鸭汤
翻滚了
我没来得及放下手中的
镜子

它掉进锅里

这面镜子
是外婆的母亲
临死前传给外婆的
外婆在镜子里熬了一生
传给了母亲
在母亲不想再照镜子那一年
作为家里最古老遗物
传给了我

这面镜子里
藏着三个女人隐晦的一生
我的小半生

镜子在汤锅里熬着

浓雾弥漫的蒸气里
外婆的母亲从滚汤里逃出去了
外婆从滚汤里逃出去了
母亲从滚汤里逃出去了
只有我在滚汤里外
用手紧紧捂住自己的嘴

2015|03|06

我把自己分成碎片发给你

把我的脸发给你
我说：这张脸，在尘世已裸露四十多年
它经历过赞美，经历过羞辱，经历过低档化妆品
与高档化妆品的腐蚀。而我很要脸
为了这张脸，我硬着脖子活过昨天与今天
我付出的代价，你在这张脸上慢慢看

你说：美丽的中国女人。你只看到美

把我的两只手发给你
它修长，涂着蓝色蔻丹，正在长皱纹，以后将长黑斑
我告诉你，这双手，做得最多的是挑选文字
它在成群汉字里，选出最符合自己气息的文字
它们组成署名西娃的文字和诗篇
它们遭受的冷遇与赞美，加起来并不等于零
同样是这双手，战栗过，犹豫过，热烈过，冰冷过……
有时也哭泣，却不知道怎么流出泪水
有一天，它也许会带着不冷不热的温度，进入你的生活
我并不知道它能为你做什么

你说：性感的手。你不求它为你做什么，你只想为它做什么

把我的脚发给你
它是我四肢中，最难看的部分
脚趾弯曲：小时候家里缺钱，它曾在又短又小的鞋子里
弓着身子成长，如今，它依然在各种看似漂亮的鞋子中
受难。只有我睡眠时，它享受过舒适
满心脚掌，不能走过长的路，它却带着我的愚笨之身
走过很多奇怪路，去过很多不该去的地方
也许将去到你居住的城市
于我们的障碍里，徒然而返

你发来一长串英语句子：我无法明白你在说什么

把我的乳房发给你
我说：真为你遗憾，你错过了它最饱满、最具弹性的时日
它曾用十一个月，喂养过一个孩子
也安抚过几场爱情中的男人，他们曾在上面留下唾液，指纹
但已经很久了，它除了装饰着更多衣服，已一无是处
有一天，它会变成两张皮，里面不再有任何回忆

你说：就是所有饱满都不属于你，你依然热爱此刻

你乞望我清澈地告诉你
为什么要把自己分成碎片发给你
我却用电影阿育王《尽情哭泣》的片尾曲
替代了我全部解释

2015|04|02

意识和梦的能量

我对体重挑剔得近乎苛刻
"连自己肉体都没办法的人
有什么资格去过问
灵魂?"

谬见却成为我的座右铭

最近我的体重莫名其妙
猛增,我依然日食一餐
每天疾走十二公里

我四处寻找发胖的原因

直到这个夜晚
一个怪异男子
告诉我
他每天晚上
都用自行车带着我
去吃他中学时代
最喜欢的排骨面

我吃得那么贪婪

吃完一大碗

还把他的一半吃完

当然，是在他不停的意识里

偶尔也发生在他梦里

2015|06|15

两尾赤鳞鱼

它们终于又相遇了
两条赤鳞鱼
于一个女诗人肠胃里

在泰山半山腰泉水中
它们活着,相恋,一晃七年
极阴水性使它们拥有小小身体
用小小身体捕食,用小小身体生育

同一天,它们被捕
一只跟被捕鱼群
送到山下餐馆
另一只被送到山顶餐馆

而她被当作贵宾招待
在山下吃下一只
她又爬上山顶
吃下了另一只

仿佛她从山下到山上
仅仅是为给两条鱼合葬
提供一座坟墓

2015|07|16

某种经验

早上六点一分
他在微信上给我留下几个字
"快醒醒。"

我肯定没听到
他的声音
但我却在一分钟之内
睁开了眼睛

我必须
重视这个人

2015|09|04

烟鬼我在新加坡

如水洗过的新加坡
各色君子兰,从四处
开进我眼里心里鼻子里
座座设计感完美的艺术馆
令我赖在里面不想走
风水文化被各种建筑物
完美呈现,我的心不断喊——
跪了,跪了

但,没人抽烟
找个抽烟地方
像找个小偷那么难

我到很远的垃圾桶旁
偷偷点烟,深吸一大口
又假装看风景
一个环卫工人
绕我转了半圈
憋住的那大口烟

呛得我

趴在了垃圾桶上

2015|10|15

第三辑

一碗水

一碗水

她专注地看着一碗水
用细若游丝的声音
念着我的名字
念着我听不懂的句子

"你父亲,死于一场意外
与水,医疗事故有关。"

是的,大雨夜,屋顶漏雨
他摔倒在楼梯上
脾断裂,腹腔里积满了血
医生说没关系
只给他吃止痛药

"2014年,你与15年的恋人
恩断情绝,纯属意外。"

是的,我们正在谈老去怎么度过
他手机上跳出一条短信
"老公,你回家了吗?"
我不听他任何解释,摔门而去

"2016年1月,你女儿上学的钱
被你败在股市里……"

是的,他们使用熔断机制
我和上亿股民
像被……

……
是的
……
是的
……
是的

这个在李白当年修道的大筐山
生活的唐姓女人,一场大病后
变成了神婆。她足不出户
却在一碗水里,看到了我的生活

2016|01|20

隐蔽的一面

他在金色麦茬之中
听一首歌
夕阳让金黄麦垛
投下小山一样的影子
也让他投下瘦长的影子

他突然委顿下去
与麦垛影子融为一体
他听见自己大哭起来
哭声,歌声,与周围一切
那么分裂

多年后,他一次次
试图还原这一幕
依然听那首歌
依然在黄昏金黄的麦茬中

再也没有发出那种哭声
一个女人的哭声——
他从不知道自己身体里

长久地禁锢着一个女人
通过那一阵哭声
她从他身体里
逃了出去

2016|02|20

门口

在马礼逊教堂
与后面的基督教坟场
之侧
有一处低矮平房

一个女人站在门口
装满水的玻璃杯里
映照着坟场
也映照着教堂
她喝下水,随之
也喝下坟场
和教堂

2016|04|04

箱子里的耶稣

依然是玫瑰教堂
一间展示
耶稣受难作品的房间
不同艺术家通过想象
把同一个耶稣
钉在木质的,铁质的,银质的……
十字架上

无论耶稣此刻在哪里
都有一个他
在艺术家们的手里
反反复复受难

一个敞开的箱子里
我看到耶稣的头颅
四肢,身体,分离着
又堆积在一起
他平静的蓝色瞳孔里

一个佛教徒

正泪流满面

2016I04I07

离

你 94 斤的身体
推着两口上百斤的黑箱子
背上是沉重的行李
肩上挎着另两个包
在国际机场安检口
我被阻挡在外
你从几乎见不到人的行李中
扭过头来，冲我叫了一声
"妈呢……"
声音里全是恐惧

不忍心看你，冲出候机厅大门
我蹲在门口抽烟
颤抖的手几次把烟掉在地上又捡起……

你一直不明白
我这么贫穷的母亲，为什么
借钱，也要把你送出这片国土

从没给你任何答案
与你越来越多的为什么相比
一个母亲,宁愿承受骨肉分离
你的哭泣加她的哭泣

2016|05|28

玄镜头

一群中国诗人
整齐排列成一队
为一张完整照片
等待一个摄影的人

阳光暴烈
首尔每条街道
都在空无一人中，淌汗

一个黑衣老者出现
他在求助者目光里
伸出失去手掌的手臂

2016|08|01

羊眼

很久了
他发现自己的眼睛
混沌,所见事物
也越来越暗

在鄂尔多斯的餐桌上
他吞下一只巨大羊眼
渴望这羊眼能替代自己的眼睛
看见永远的星空
草原,和因失眠而远离的
羊类的温和与宁静

从此,他却无所事事地
流泪不止

2016|10|11

民丹岛 7 公里处

民丹岛的每条街和路
都有名字，当地人只叫
民丹岛几公里处

这里有两片墓地
一片埋葬着穆斯林信徒
一片埋葬着基督教信徒
两片墓地之间
只有一条黄土大路

活着的人走在这条马路上
有的走着就倒进了左边
有的走着就倒进了右边
没信仰的人，死活
都在黄土马路上

2016|10|15

我遮蔽的丑陋

我提着两袋蔬菜
从奥柯勒超市出来
不小心与一个棕色皮肤的男人
撞了个满怀

我说对不起之后
他邀请我喝一杯

我第一个反应
喝完之后
他要求我与他上床怎么办

尽管,他有深邃眼睛和高鼻梁
身上淡淡岩兰草的味道
也是我最爱的

如果他是黄色人种或白色人种
我确定不会这么果决地
拒绝他

我以为自己已经过了
种族歧视关

是的,那是我没有具体设想
与他们上床
之前

2017|02|01

我告诉查尔斯王子

澳洲一次家庭聚会上
诗人欧阳昱为大家
翻译完我读的诗歌——
《箱子里的耶稣》

查尔斯：女主人小林东秀的王子
一个英国诗人，他略带傲慢地说——
在西方，人们已经不屑于谈论
耶稣：一个编造故事中的人物

他问我：你们东方人
为什么还在谈论耶稣

我说，我是东方诗人
写作全依凭内心冲动和感受
为什么要去管你们西方人的
屑于
或不屑于

2017|02|06 墨尔本

清晨的奥科勒

一个高大的黄胡子男人
从玫瑰与合欢树之间
走出来
草地上雨水挂满鞋子
路旁沉睡一夜的汽车
被他弄出沉闷的轰鸣
从屋里奔出赤脚女人
冲着汽车画出的笨拙弧线
亮起湿漉漉的声音——
"甜心,你忘了这个"
她手上举着一条
皱巴巴的红内裤

2017|02|17 墨尔本

这一天真来了

你出生还不到
八个月那一年
我去一座湖边房子里
陪失恋的女友

她夜半惊惧地站起来
幽魂一样满屋转圈
她双手扯着
头发
一缕缕脱落，慢镜头一样
在白炽灯光下，飘

可我的身体，语言，却像被
强力胶水粘住了

熟睡于婴儿车里的你
在她压抑的抽泣声中
放声哭起来，仿佛她全部的
疼痛，正在通过你的身体
释放

女儿，从那时我就担心
生怕有一天
你也会像她这样

而这一天真来了……

2017|02|25 墨尔本

就这么完了吗

他们把他从冰柜里拉出来
垂肩波浪黑发紧贴在耳旁
腹部上还插着塑料管子

他僵直躺着，我僵直站着
我们有一模一样的苍白面孔
这个被我同学误以为
是我情人的男人，这个在西藏高原
把自己晒得黝黑，把我奶名
取为西娃的男人，这个被我的班花闺蜜暗恋的
　　男人
这个不少妇女想偷情一把，却被母亲收光零花
　　钱的男人
他就这么躺着，在一层薄冰里

机械地取下护身符——玉制弥勒佛
挂在他脖子上，我念头不断——
如果真有地狱，让我去
如果他活过来，他做一切我都赞成
我不会介意他与母亲离婚，不会介意我们破碎

却还像个家庭的家庭,更不会在意
他曾把我举过头顶,扔进麦田的情形

而这一切,都破碎在
他挣扎着从手术台上
弹起来又倒下去的那一声——
"就这么完了吗"的哀叹中

2017|10|11

女神我

我满足你：看到了——我
此刻，我就坐在你对面
在抽烟，在喝咖啡，在 2018 年
北京炎热的夏季，你静静看
这一脸倦容的女人

你很早就希望见到我
写过几首好诗，传说有点巫性
每天沉迷于各种芳香的女人

听你有一搭无一搭地说
——你为写诗妻离子散
——工资要供养在病床的母亲
——你家房檐下住满野猫
燕子在高处拉下白屎……

你认为我是成名女人
难理疾苦，优雅得不食人间烟火

不会告诉你，一小时前

才从中国银行出来,每月这时段
我东拼西凑掏空所有钱
寄给在墨尔本上学的女儿

你一再提醒:我是你崇拜十多年的女神
女神我正在想:信用卡里的钱
够不够
买单

2018|03|15

遗像

清幽房间里
依然保持多年前的模样
几架书，一张床，地毯一尘不染
你赤脚走在房间
为我泡茶，把香烟放在咖啡里
蘸一下，点燃，放到我两唇间

你始终不看我一眼
只把目光投向你床头——
我 15 年前的黑白照片
你把它扩那么大，那么虚
照片下面，是一瓶满天星和白菊

"这更像一张遗像，这就是遗像"
多年前你这么说过
此刻你又这么说

你不理会我哭泣，我申辩

你爱的那个我死了

可站在你身后的这个我

又是谁？我遗像的遗像吗

2018|03|16

斜视

她们都沉默了
当我在这155个喜欢并使用精油的人中
讲完——如何用精油调节
男性生殖系统的问题

我讲课涉及的范围：勃起障碍
精子量低，睾丸素过高，阳痿
雄性激素不稳定，荷尔蒙失调，男性不育

她们退场，或低头看手机
或歪着嘴看我，嘴角露出耻笑
曾在私信里，言谈中
她们拐弯抹角问过我，此类症状

现在，仿佛只有我的男人
遇到了以上问题

2018|08|12

第四辑

午夜湿婆神

我……

我天生愚笨，爱上
阿赫玛托娃,帕穆克,布考斯基,释迦牟尼……
有时也玩一些修炼术
希望自己能脱胎换骨
却没祈望自己成为
我之外的另一个

我长得矮小，鼻翼上留着疤痕
在不同国度的电影里
贪婪地看着屏幕上的俊男美女
却从未祈望自己变成
我之外的另一个人

我比"我"更清楚
这个上半身臃肿，下半身轻飘的人
失重地活在人群里
招来一些爱慕，怨恨的男女与魂灵
与之纠缠，清算，翻不了身

那些从不曾哭泣的男女和魂灵

在今生，在这样一具丑陋身体里
把自己和我，同时哭醒

2019|01|13

我正在从你的身体里，一点点撤出来

你提着一袋肉蔬

放下书包进入厨房

和面，切肉切菜，包饺子

这些，我从没教过你

你拒绝我帮忙

你说："妈咪，我再也不会

让你操心了。去年二月

你陪我一圈圈散步

开导我，每天给我做饭

伴着我一夜一夜失眠

配置精油抚慰我

失恋的身体和心灵

很长时间我都感觉你

沉默的手

在我背上抖

热一阵，冷一阵"

是的，那时我恨不得让整个自己
完全驻扎进你身体

现在，我正在从你身体里
一点一点，撤出来

2019|02|12 墨尔本

在爱的男人身上，找到父亲

你种的银杏，玉兰，枇杷树
已经遮盖了半个院子
坐在浓荫下，我读这本一直读
却读不完的小说——《至爱游戏》

从没跟你谈论过爱情，父亲
仿佛这从不是父女间的话题
可父亲，我一直在爱的男人身上，寻找你
当他初见我就说"自家人来了"时
我几乎把他当成了你
当他把自己喻为种树人，我抱紧了他
他如你一样少言，孤傲，不向任何人说悲欢
当他不问我任何尺寸，就为我买到最合身衣物
当他用军人风范劳作奔忙，顾不得给自己擦汗时
我坚信在他身上找到了你

我任性，敬爱，信赖……一如面对你
父亲，你把我迁就得无法无天
他也把我迁就得无法无天
可父亲：你已对我沉默了20多年

他已对我沉默了 46 天

父亲，祈求你给出答案：我该怎么办

2019|06|15 李白故里江油

英语老师

他舌头上布满白舌苔
发齿舌音时,他总是亮出它

这布满白舌苔的大舌头
过早吻了我们一个女同学
并让她没毕业就怀孕了

"他毁了她",每当中学同学
说这话,都知道是谁和谁

后来我在北京见到他
他发给我一条脏兮兮的暧昧
信息,我直接打电话告诉他
"我看不上你,今天加永远"

几天后我又收到一条短信
"我只是想试探下,看你在北京
是不是已堕落……"

并发来一张他手抄的

《金刚菠萝蜜多心经》[1]

2019|09|10

---

[1] 本应为《金刚般若波罗蜜多心经》,诗人故意错写为《金刚菠萝蜜多心经》,因为诗中英语老师在发微信时发错了,诗人将错就错,有种讽刺意味。

爸妈的亲事

我贫穷的少年爸爸
穿着补疤阴丹布裤子
抱着一只瘦母鸡
在爷爷和媒婆的壮胆下
站在了我妈家门口

"我们很穷,可你们是
地主,加上这只鸡,我们也
配得上你们了……"
我口齿并不伶俐的父亲
此时口齿格外伶俐

我外婆,目光落在那只
瘦母鸡身上,听到屋里
我妈的哭喊声,垂下眼皮

"如果年底我能去当兵
你们返送给一只肥鸡
也不一定能配上我们……"
我妈在我爸话音落下时

边抹泪边走出来

点头答应了这门亲事

2019|09|12

多么希望，
成为谣传中的任何一个

25岁，我成了抛夫弃子的女人
骂名从四川传到北京
有人谣传：我在外省做妓女

28岁，我在不同城市
签名售书，一记者采访我
"一个无依无靠的北漂女
在北京立足，还出版了几本
小说，背后是否有一群男人？"

33岁，我跟师父学习佛法
"在深夜撞墙，身上掉下的灰
胜过墙壁上掉下的"
闺蜜给我一个消息——
人们说你做了老大的女人

今天黄昏，从地铁口出来
一个曾经恋过我的人，看到我

像看到出轨道的火车

"啊,啊,年前我还去香山

陵墓,为你烧过纸钱……"

2019|12|19

孤独

酒后,我们狂舞
在草原的篝火旁

一个舞跳得极好的男生
在我的追问下
道出了好舞蹈来源

他从小一直跟羊群在一起
羊们是他唯一伙伴
每年,有一些羊
总会发羊癫疯

他抱着发病的羊
它们的抽搐
都如电流一样
经过,并停留在他身上

2020|03|28

上帝的味道

带着五个 6 到 15 岁的孩子
玩精油,他们每人
画了一幅想象中的
上帝肖像
我说,展开想象力
上帝是什么味道
把与之对应的精油
滴在画上

瘦高孩子滴了檀香
他说上帝像爸爸:高大,可靠
一个小胖子滴了
生姜,茴香,黑胡椒……
他说上帝是一道卤菜
灿烂的小女孩闻着
玫瑰,天竺葵,洋甘菊……
"上帝是一座花园,好闻……"
戴眼镜的男孩
滴了百里香,茶树,麦卢卡
"就是这样,上帝

有皮鞋味道"

患轻度抑郁症的孩子
皱眉闻着
绰号为"魔鬼"的牛至精油
附在我耳边轻声说:
"我经常在梦里闻到
尸体的味道,跟这差不多"
她果断把它滴在了
上帝的肖像上

2020|05|22

释放

每次出远门前
我会把屋子彻底收拾干净
未穿过的双双绣花鞋
摆在最明显的位置
看过一遍又一遍的圣贤书
拜过一次又一次的佛像与佛经
都收藏在箱子里
落地窗帘拉得严严实实

我把空间全让给你们
那些因我在,因圣贤在,因佛经佛像在,因光在
而躲在我屋子里的生灵们
你们需要自由伸展的空间

就如每月必须有一个夜晚
我故意把自己灌醉
那些因理性在,因圣贤在,因佛经佛牌在,因光在
而不敢肆意冒出的堕落,厌倦,颓丧……

必须在大醉中
获得啤酒泡沫一样的空间

2020|06|14

你纹丝不动，
像激情已过的男人

我梦里的手指

捋着你胸毛，你腹部的毛

你腋窝里的毛

我一根根查看它们

用鼻子闻它们

用耳朵和嘴唇触碰它们

你纹丝不动，像激情已过的男人

唾液留在你毛发上

汗液沾在你毛发上

泪水滴落在你毛发上

你纹丝不动，像激情已过的男人

我拔你的胸毛，腋窝里的毛

腹部上的毛，大腿内侧的毛……

用手拔，用牙拔，一根根拔

一缕一缕拔,一撮一撮拔……

你纹丝不动,像激情已过的男人

我拔光了你所有的毛发
那个曾激情四射爱我的男人
他也没藏在你任何
一根毛发或毛囊里

2020|06|17

午夜湿婆神
致里所

"……每个人
都先尝到蜂蜜的味道
然后挨刀"
你把布考斯基这句诗
发给我。我说
这像在说爱情中的我们

我们恋爱,飞蛾扑火,看激情之后的男人
撤退,置身事外。而我们挨刀
我挨过刀,你正在挨刀
你远不如想象的强大
精神独立,经济独立,内心独立
仿佛可以做所有男人的妈

午夜你冲到楼下
在月光里狂奔,却云淡风轻
告诉我,你在看月亮……
你次次蜷缩在猫身边,无助哭泣
仿佛哭泣是你唯一能抓住的东西
我并不知道该怎么安慰你

一会说想暴打那个男人,直到把他打醒
一会儿说世间还有如此让你伤心的男人
是生命对你的馈赠,这远比
僵尸般活着更有价值……

面对男人,面对爱情,我并不比你
知道的更多,他们是我们共同的
哥德巴赫猜想,白日梦,癫痫……
我甚至告诉过你,爱情并不存在
男人并不存在,我们所恋所爱
只是在跟自身的漏洞纠缠,撕扯,别离
我们通过它们,反观自己是个什么东西

我们缝合,毁坏,重新站起来确立自己

昨夜,在穗甘松,苦橙叶,没药……
多种植物的芳香里消磨自己
我想到你,爱情过分甜蜜和浓荫
当我把自制的"午夜湿婆神"香水,涂满身体
你正在挨刀,挨刀。通过挨刀

把爱情给予的全部蜜,一一还回去
我并未痊愈的刀伤,在你的泣不成声中
全部迸裂……

2020|07|15

古董商

又一个收藏古董的男人
说爱上了我

不了,不了……

我最长的爱情,跟一个
收藏西藏佛像与古钱币的
最短的,跟收藏破窗朽木烂砖的……

不知我什么样的
朽落气味,吸引了这类人
抑或我在某一刻
有意无意诱惑过他们——
"收藏我,我有一颗老魂灵……"

最终,我像一个被做旧的
假货,不那么轻易
又轻易地被识破

2020|08|15

他们,和想象中的女诗人

他们,拖家带口

吃尽周边的草

赏尽目力所及的花

某一天

知道这人世间

存在"女诗人"这一物种

以各种名义进入你的朋友圈

夜半或凌晨

他们从你微信里冒出来

有各种看似美妙的说辞——

"……你长得可像三毛了

她是我少年时代的女神

如果可以,我带你去

大沙漠,所有费用我出……"

"几年前就跟踪读你的诗歌

你一定很浪漫,很超脱

会像诗人那样接受,我的邀请……"
"……关键是,我发现了你
喜欢了你,找到了你
我虽然有家庭,但情人
是汉语里最动人的词……"

仿佛:女诗人都是草原上
野生的花或草,他们是
随意经过你的羊
想叼一口,就能叼一口

嗯哼……

2020|08|17

上帝的眼泪

你躺在深夜

满是褶皱的紫色床单上

青春美丽的身体

像一条嫩白却无力的线条

初恋失败的痛苦,悸动

使你,翻过来,又翻过去

我还能怎么办?女儿

下午,我们围着奥科勒

一圈圈走到天黑

我用全部的失恋经验

开导你宽慰你,我嘴唇起泡

你用散掉的眼神望着我

不变和仅有的一句——

"妈,就是一只小狗

跟我生活了7个月

我也要把它找回来……"

无助灌满我双腿,女儿

在处理失恋的问题上

我就是再失败100次

也是永远的生手

父母没教过我如何面对

学校也不曾教过……

我还能怎么？女儿

我像一个散魂

影子碎在墙壁上

把乳香，檀香，岩兰草，洋甘菊……

滴，滴，滴，滴满你身体

一遍一遍涂抹在

你脚板，脊背，头顶……

你该安宁了

你慢慢安宁了……

2020|10|02

吲哚——死神的气味儿

摩托车刺耳的刹车声

把马路拉开一道伤口

我们捂着嘴

看着横穿马路的小孩

在空中划出一道弧线

被抛掷在马路中央

鲜嫩的血流出身体……

半小时前

这个还在珀斯粉红湖边

蹚水的白人小孩

扬起粉嘟嘟的脸蛋

欢快的笑声像他鲜嫩的血

可,我在他身上闻到一股

跟他年龄与眼下情景

无法匹配的味道

这味道悲伤又熟悉

在逝去的外婆身上

在自杀的女友身上

在暴亡的舅舅身上

我一一闻到过

几年后我学习芳疗

知道这味道叫——

吲哚：百合花，茉莉，白玫瑰

……一切白色花朵里

都隐藏着它

2020|11|12

我的客人们

我有个不大的客厅
墙上挂着壁毯
几架书籍
几箱影碟与唱片
几尊佛像

我很少在这里
迎接现实中的人儿
而我的客厅里
却不断有客人

我从不过问他们来自哪里
也不问他们的名字
我们只用心和嗅觉交融

他们源源不断拿走我的孤独，寂寞
也吸走我的二手烟
此刻我正在煮面
突然趴在灶台上哭出声来

他们一同颤抖着

一遍一遍喊着我的奶名

2021|05|12

拉桑寺心经

六月早晨的扎尕那

冷到 6 度

我在夏天的衣服里

轻轻发抖

进入拉桑寺

喇嘛们正在早课

唱经声的阴冷里

一个五岁小喇嘛

不停吸着鼻涕

我坐下来

开始自己此刻的心经

"不要这么冷

不要这么冷

不要这么冷……"

2021|06|07

女儿

读高中时
赶上 2008 年大地震
你仓皇逃出学校
在混乱的大街上无处可去
你紧紧捂住手上
开门的独钥匙

2019 年过年期间
你回来看你婆婆
说以后工作会越来越忙
能陪老人一天是一天
而突然的意外来临
你再也回不到墨尔本

此刻,你坐在地上
帮我收拾衣橱
和我年轻时戴过的首饰
你一脸慈祥和宁静
像一个 20 多岁的老人

我对未来的担心与恐惧

被你身上的老者之气

挡了回去

2021|08|15

在冬季的海拉尔

地图显示

我和女儿正行走在

一只鸡的鸡冠上

我是来商谈她婚事的

我的独生女儿也许

会嫁到这里

并永远生活在这里

我走每一步

都忧心波澜

步履蹒跚

我的任何不当决定

都可能

让我女儿及未来

从鸡冠上摔下去

要么跌进俄罗斯

要么落入蒙古

要么摔倒在
额尔古纳冰河里

2021|10|07

解而未脱之道

整整一个月
都在吃蓝莓
吃完你送的
继续买,蓝莓
我今年最爱的水果

吃蓝莓吃蓝莓吃蓝莓
吃到牙齿发酸,呕吐不止
通过这种方式
我告别过葡萄,樱桃,榴莲……

就像去年
我白天黑夜不停
打电话发微信轰炸你
直到你厌倦我,我厌倦你
直到你沉默我沉默
直到我们成为陌生人

亲爱的,我回答过你

为什么要这样干

"没任何念想和挂念地活着

是我目的之一……"

而无数个夜晚

我一遍遍叨念蓝莓，葡萄，榴莲……

和你

就阵阵泛酸

2022|01|12

打回原地

我被叫醒

在凌晨三点多的扎兰屯

走近新房

女儿已经在一片红色里

身穿中式红衣服红裙子

头顶红盖头

在当地某人指导下

我把一张张百元大钞

放入 6 个箱子

把 999 张 100 块人民币

机械地塞入红腰带

哆哆嗦嗦系在女儿细腰上

方圆几公里的井口

被盖上红布

楼下迎亲喜车

将经过它们

女儿给我鞠躬，敬茶
叫了一声"妈"
声音里抖动着别离
两行闪亮的泪水沿脸而下
我双手捂脸，哽咽出"嗯"

无力感把"嗯"之外
所有东西，死死摁住
那个为反抗家乡世俗与陋习
奋斗了二十四年的我
被活生生打回原地

2022|07|20

磨铁读诗会·中国桂冠诗丛

第一辑

《每一首都是情歌》 王小龙 著

《悲哀也该成人了》 严力 著

《扑朔如雪的翅膀》 王小妮 著

《永居异乡》 欧阳昱 著

《大海上的柠檬》 姚风 著

第二辑

《我因此爱你》 韩东 著

《母亲和雪》 唐欣 著

《燃烧的肝胆》 潘洗尘 著

《找王菊花》 杨黎 著

《相声专场》 阿吾 著

第三辑

《白雪乌鸦》 伊沙 著

《夜行列车》 侯马 著

《黄昏前说起天才》 徐江 著

《月光症》 宋晓贤 著

第四辑

《熬镜子》 西娃 著

《凡是我所爱的人》 巫昂 著

《混蛋的好心》 尹丽川 著

《朝向圣洁的一面》 宇向 著

磨铁读诗会

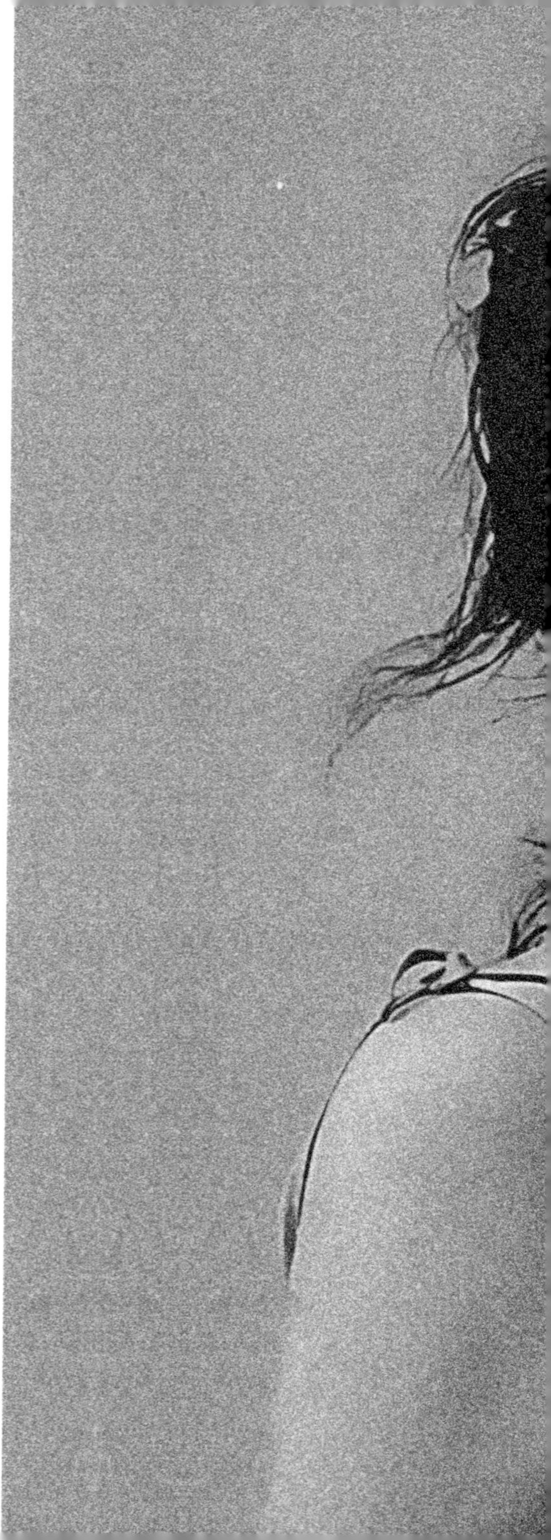